EXTRAITS DU QUOTIDIEN

(Nouvelles)

EXTRAITS DU QUOTIDIEN

(Nouvelles)

Edith JACQUEMOT

© 2025 Édith Jacquemot

Édition : BoD · Books on Demand, 31 avenue Saint-Rémy, 57600 Forbach, bod@bod.fr
Impression : Libri Plureos GmbH, Friedensallee 273, 22763 Hamburg (Allemagne)

ISBN : 978-2-3225-7141-3

Dépôt légal : Avril 2025

L'EAU DE LA RÉSILIENCE

La dernière fois qu'il s'était regardé dans un miroir, il avait vingt-sept ans. Trente-cinq années s'étaient écoulées sans que la moindre seconde de ce long fragment de vie ne soit abîmée par le regret de cette résolution. Pourtant aujourd'hui, il se dirigeait d'un pas décidé vers le lac et sa surface réfléchissante. L'heure était venue. Il allait recroiser son visage.

Tout était calme dans la forêt de pins environnante. Le soleil était au rendez-vous pour ce moment mûrement réfléchi. Seuls, quelques oiseaux se répondaient d'un chant mélodieux. La surface du lac ressemblait à un immense miroir grâce à la lumière du soleil qui s'y déposait. Plus qu'une vingtaine de mètres les séparaient de l'immense étendue d'eau et il pourrait faire connaissance avec l'homme mûr qu'il était désormais.

Soudain, il hésita et s'arrêta. Allait-il avoir le courage d'aller au bout de cette promesse qu'ils s'étaient fait ? Elle était à ses côtés, à sa demande. Elle comprenait fort bien le doute qui l'assaillait : cela faisait tant d'années qu'il vivait reclus, dans son chalet caché au milieu des arbres…

Elle avait fait sa connaissance, vingt ans auparavant, lors d'une promenade solitaire, vers le lac de son enfance, où elle venait cacher le chagrin provoqué par une profonde déception amoureuse. Elle n'y était pas revenue depuis la mort accidentelle de ses grands-parents, seize ans plus tôt alors qu'elle n'avait que dix-huit ans. Elle s'était un peu égarée, ne reconnaissant pas tout à fait les lieux. Elle s'était approchée un peu trop près de la maisonnette provoquant les aboiements du gardien des lieux. Un homme était alors sorti pour caresser son fidèle chien de race malinoise, afin de le faire taire.

Elle eut d'abord un mouvement de recul en découvrant son visage mais elle se ravisa en apercevant son regard. Ses grands yeux vert d'eau laissaient transparaître une immense tristesse. Qui était cet homme ? Pourquoi vivait-il dans cette ancienne maison forestière qu'elle savait abandonnée au moment de sa dernière balade en cet endroit ?

Après quelques secondes à se dévisager mutuellement, elle lui dit timidement bonjour du bout des lèvres. Elle avait conscience qu'elle était seule, en présence d'un inconnu, dans cet environnement boisé où personne ne pourrait venir à son secours. Il s'étonna qu'elle lui ait adressé la parole. Habituellement, les gens détournaient le regard et passaient leur chemin sans lui porter la moindre attention lorsqu'il se rendait au village pour se ravitailler en victuailles. Il lui rendit la politesse. Elle s'enhardit un peu et lui expliqua qu'elle ne trouvait plus le chemin du lac. Il le lui indiquait lorsque la pluie se mit à tomber assez fortement.

C'était une ondée d'ordinaire assez rare à cette saison. Elle n'avait pris aucun vêtement adéquat. Il lui proposa donc, le temps que l'astre solaire réapparaisse, d'entrer pour se mettre à l'abri. Ils entamèrent une conversation d'une telle fluidité qu'elle les surprenait réciproquement. Pendant ce temps, elle le dévisageait se demandant pourquoi son visage était si abîmé. L'eau s'était arrêtée de tomber et, l'heure étant avancée, elle reprit le chemin du bourg.

Elle logeait dans la maison familiale qui n'avait pas été ouverte depuis l'enterrement. À son arrivée, elle avait eu la mauvaise surprise de constater que les intempéries avaient eu raison du toit et qu'une fuite assez importante nécessitait qu'elle prolonge son séjour le temps dévolu aux réparations. Au fond d'elle-même, cette situation l'arrangeait car elle ne souhaitait absolument pas regagner son appartement parisien : trop de souvenirs survivaient au départ de son amoureux pour une autre femme.

Deux jours plus tard, elle reprit la direction du lac. Elle l'aperçut au loin alors qu'il coupait à l'aide d'une hache quelques stères de bois de feuillus, destinés au chauffage pour la saison hivernale. Elle s'approcha tranquillement et le compagnon à quatre pattes donna l'alerte. Cela obligea son maître à se retourner et celui-ci lui adressa un large sourire en la découvrant.

Leur discussion allait bon train et ils firent un peu mieux connaissance. Elle hésitait à le questionner sur les raisons de sa mutilation de peur d'être trop intrusive. Elle finit par se décider. Il resta silencieux et baissa les yeux. Il était encore douloureux pour lui d'aborder ce sujet mais après quelques minutes de réflexion, il se dit qu'il était peut-être temps de parler de ce terrible accident.

Il lui expliqua qu'à une époque, il exerçait le métier de marin-pompier à Marseille, un corps d'élite, et que, lors d'une intervention pour un feu d'entrepôts, il y avait eu un problème. Curieuse, elle le questionna un peu plus et il lui relata les faits en détails jusqu'à cet imprévisible retour de flammes auquel il avait dû faire face avec son binôme. Des larmes coulaient de ses yeux tandis qu'il revivait ces horribles moments en les évoquant pour la première fois. Ses paroles étaient entrecoupées par les sanglots. Il lui parla de son réveil à l'hôpital militaire, en chambre stérile, enveloppé de bandages telle une momie. Puis, il y eut la découverte de son nouveau visage, si abîmé qu'il ne se reconnaissait pas : le cartilage de ses oreilles avait fondu tant la chaleur avait été intense sous le casque censé le protéger. À ce moment-là, il s'était promis de ne plus jamais se regarder dans un miroir tant son image le rebutait.

Adieu la profession qu'il aimait tant ! Il était alors venu vivre en ermite, au milieu de la forêt landaise, pour se rapprocher de sa famille tant aimée, si admirative de son parcours, et y chercher la résilience nécessaire à sa reconstruction.

Il entretenait désormais les parcelles forestières de plusieurs propriétaires pour subvenir à ses besoins.

À la suite de ce récit, une solide amitié s'était nouée entre eux. Elle avait finalement décidé d'habiter la maison de ses aïeux et avait ouvert en ville un cabinet en tant que praticienne en énergétique.

Peu à peu, la confiance s'étant installée entre eux, il avait accepté de se laisser toucher. La main tout d'abord. Cela lui avait permis, par la douceur du toucher caressant, d'évacuer d'autres souvenirs traumatisants, relatifs à certaines de ses missions, qu'il gardait enfouies au plus profond de son subconscient. Ensuite, le temps aidant, il avait fini par accepter qu'elle exerce sur lui, une première fois, un shiatsu du visage. Son toucher l'effleurait avec une légèreté faisant renaître des sensations… Il y avait si longtemps qu'aucune personne, ni femme de surcroît, n'avait osé poser une main sur lui que des larmes de bien-être s'étaient mises à couler le long de ses joues, de façon irrépressible, sous l'effet des frissons qui le parcouraient.

Au fil du temps, ce rendez-vous tactile hebdomadaire était devenu une habitude. Elle pratiquait également le magnétisme et, après la séance de massage, elle faisait quelques passes au-dessus de son visage. Un jour, elle avait même eu l'idée d'aller à Lourdes, d'où elle avait rapporté plusieurs flacons d'eau bénite dont elle déposait quelques gouttes sur son visage à chacune de ses visites.

L'été suivant, alors qu'ils chahutaient joyeusement, elle avait couru jusqu'au lac où il l'avait poursuivi. Il avait stoppé net en arrivant vers la berge, hésitant. Mais elle l'avait appelé avec de grands gestes et, grisé par leurs rires, il avait plongé dans les eaux cristallines, oubliant toutes ses réticences. Il avait pris un immense plaisir à se sentir à nouveau libre, comme délivré d'un carcan, et avait retrouvé les mouvements et la vigueur de l'excellent nageur qu'il était naguère.

Cette apesanteur le revigorait. Il en oubliait les stigmates qui marquaient son corps. Cependant, il veillait toujours à ne pas se mirer dans l'eau : il n'était pas prêt, il avait peur de revoir ce visage si défiguré et qui semblait ne pas lui appartenir.

Se baigner dans le lac était pour lui comme pénétrer dans une fontaine de jouvence. Il appréciait la fraîcheur du liquide sur son corps. Il lui semblait que cette eau apaisait les brûlures qui l'avaient tant fait souffrir. Son mental se libérait peu à peu. Le temps passant, il avait retrouvé le plaisir de vivre. Sans elle, sans sa joie perpétuelle, sans son énergie communicative, il ne serait sûrement pas parvenu à vivre tous ces moments de bien-être, de bonheurs simples, ressentant toutes les agréables sensations que lui procuraient l'eau et les massages. Cette renaissance était inespérée.

Il avait désormais 62 ans et, à cet âge, la sagesse était théoriquement installée. Elle lui avait demandé, quelques mois auparavant, pour la date anniversaire de leur rencontre de lui faire le cadeau de regarder à nouveau son visage. « Car les années ont passé », avait-elle argué, « et il est important pour toi de découvrir l'homme séduisant que tu es devenu. »

Ce jour était arrivé, trop vite à son goût. Après tout, il devait bien lui faire ce plaisir : elle l'avait tant aidé et soutenu durant toutes ces années. Il avait tant progressé dans sa résilience, grâce à elle. Désormais, ses nuits étaient plus calmes : les cauchemars avaient disparu.

Une fois encore, elle se tenait à ses côtés. Il la regarda. Elle l'encouragea avec son si joli sourire qui laissait apparaître ses adorables dents régulières si bien alignées. Il lui prit la main et ils dirigèrent leurs derniers pas jusqu'à la rive. Ils s'arrêtèrent. Sa mâchoire se crispa et il resserra sa main sur la sienne. Elle l'encouragea à nouveau en déposant un furtif baiser sur le dos de sa main, puis elle plongea son regard rassurant dans ses yeux aussi verts que le lac était bleu. Un instant, elle crut y distinguer de l'angoisse mais celle-ci s'estompa sous la caresse oculaire.

Il s'agenouilla et elle fit de même. Ils semblaient être en prière. Elle pressa un peu plus sa main pour l'inviter à poursuivre. Il se pencha au-dessus de la surface du lac en fermant ses paupières. Il rassembla tout son courage puis, prenant une grande inspiration, il les ouvrit lentement.

Tout d'abord, il se demanda qui pouvait être cet homme aux cheveux si blancs dont il voyait le reflet sur l'eau. Il avait lâché la main amie pour mieux toucher son propre visage.

La veille, elle l'avait rasé avec application ayant réussi à le convaincre de se séparer de sa longue barbe mal taillée. Il frôlait doucement les contours de son menton, de sa mâchoire et de ses joues et apprivoisait peu à peu ce qu'il regardait. Il comprenait que cet homme au visage émacié était son double. Un large sourire se dessina sur ses lèvres charnues. Il était étonné de s'apercevoir que les cicatrices qu'il avait gardées en mémoire semblaient avoir disparu pour laisser place à de grandes rides aux formes, certes, parfois bizarres. Sa peau, légèrement halée, paraissait régénérée malgré les années, tout en atteignant un grain prouvant une maturité certaine, due aux nombreuses années écoulées.

Il se releva lentement et se tourna vers elle pour lui faire part de son étonnement. Elle avait disparu et, à sa place, il découvrit un immense halo de lumière dorée entourant un ange qui s'envola en lui souriant.

LE DERNIER CHALLENGE

Ca y est ! La grande aventure commence… Son dernier grand défi. Le précédent avait été, à l'âge de 56 ans, de réaliser son rêve en créant son propre cabinet de conseils, après avoir quitté un poste fort envié au sein de la Fonction publique. Ses amis lui avaient dit qu'elle était folle de quitter un poste aussi bien rémunéré et, de surcroît, au sein du pouvoir. Elle avait donc lancé son activité, poussée par une force invisible qui la condamnait à réussir. Tout se déroulait à merveille dès la première année.

Horreur ! Deux maladies très épuisantes, en l'espace de deux ans, l'avaient contrainte à renoncer, en raison d'une fatigue quasi chronique et huit mois sans réaliser le moindre chiffre d'affaires tout en ayant les charges qui continuaient à courir.

Prune avait maintenant soixante-et-un ans et elle avait décidé de reprendre sa vie en main après avoir vécu, pendant quatre années, une relation amoureuse complètement déroutante et stérile avec un homme marié. Pour lui, elle avait mis tous ses projets en pause. Certes, elle en était toujours éperdument amoureuse mais trop c'était trop ! Trop de temps à attendre, trop de promesses non tenues, trop d'indécisions de la part de son amoureux avaient eu raison de sa patience. De plus, elle était le genre de femme qui ne pouvait pas vivre sans projets, et lui était plutôt un danseur de tango au rythme de deux pas en avant, un pas en arrière.

Avoir franchi le cap de la soixantaine avait été décisif pour elle. Depuis des années, elle se dévouait aux autres : ses enfants, ses amis, son pays, ses clients et la communauté à travers le bénévolat associatif.

Cela faisait maintenant plusieurs mois qu'elle mûrissait intérieurement son nouveau projet de vie. Elle avait arrêté son activité professionnelle et se contentait d'une retraite très moyenne pour vaquer à ses nouvelles occupations, à savoir les préparatifs de son nouveau départ pour une vie remplie de belles découvertes. Pleine d'une énergie en dents de scie, depuis qu'elle avait subi les assauts dévastateurs des deux virus ; elle avait à peine récupéré du premier lors de l'attaque du second. Elle avait alors pris conscience que si elle voulait profiter des dernières années correctes de sa vie, il lui fallait s'y consacrer dès à présent. La convalescence l'avait contrainte à se recentrer sur elle, à redéfinir ses priorités et à retrouver les envies qu'elle avait enfouies au plus profond d'elle-même pour le bien des autres.

Après des mois d'une attente qui lui sembla interminable, des acheteurs s'étaient enfin présentés pour l'acquisition de ses bureaux et par la même occasion de sa maison. Par le biais de relations, elle avait fait d'une pierre deux coups. Tout s'était depuis enchaîné rapidement.

Les portes des camions de déménagement se refermant sur les meubles et les cartons amplifiaient la joie qui tambourinait au plus profond de son être. Elle venait d'acquérir un appartement en bord de mer dont elle comptait faire son pied-à-terre lors de ses haltes pour y retrouver amis, enfants et petits-enfants. Enfin, ce nouveau départ tant espéré et attendu se profilait à l'horizon de sa vie.

Elle se sentait libérée d'un lourd fardeau : terminées les prises de tête à gérer à la fois deux biens immobiliers et les comptes de sa petite structure professionnelle, dont l'équilibre mensuel parfois fragile, selon la période de l'année, s'était également aggravé avec la crise économique. Elle avait placé le petit pécule restant des deux ventes immobilières afin d'améliorer les revenus de sa retraite. Longtemps, elle avait hésité quant au choix qu'elle avait fait : ses enfants allaient-ils comprendre la nouvelle orientation qu'elle souhaitait donner à sa vie ? Les amis de ses deux cercles de réflexions avaient eu quelque difficulté à accepter sa décision car cela remettait en cause l'organisation de leurs structures.

À nouveau, elle serait souvent éloignée de sa famille mais, après tout, elle leur avait consacré ses plus belles années, sacrifiant régulièrement ses souhaits, si raisonnables pourtant, pour satisfaire les besoins et désirs de ses enfants afin de n'avoir rien à se reprocher quant à leur éducation. Il était temps qu'elle pense un peu à elle !

Déjà les camions tournaient au coin de la rue disparaissant de sa vue. Dans le premier, se trouvait tout ce qui ne pourrait être contenu dans l'appartement de quatre pièces et serait conservé en garde-meubles pour quelques temps ; dans le second, tout ce qui était destiné à garnir son nouveau de lieu de résidence.

Des larmes coulèrent subitement de ses yeux vert-noisette. Elle était sur le point de laisser derrière elle une magnifique et grande bâtisse du milieu du XIXe siècle. La maison du bonheur, ainsi que la qualifiaient ses amis, tellement désirée des années plus tôt et qui avait accueilli tant de monde. Mais la plus difficile des réalités à accepter était que cette nouvelle vie qu'elle allait débuter, elle ne pouvait pas la partager avec la personne de son cœur... La vie en avait décidé autrement : par manque de courage, il avait choisi de rester auprès de sa femme - qu'il craignait tant et qui lui en faisait voir de toutes les couleurs depuis plus de trente ans - et de son fils unique qui tremblait à l'idée que son père puisse dilapider son héritage potentiel. Il avait choisi le calvaire plutôt que le bonheur. Elle se devait donc de respecter sa décision ; de plus, elle ne supportait plus de vivre dans les conditions qu'il lui imposait.

Elle termina de nettoyer les pièces désormais vides, puis tourna une dernière fois la clé dans la serrure avant de monter en voiture pour passer une dernière nuit chez des amis.

Le lendemain, après le rendez-vous notarial finalisant la vente de la maison, elle quitta ce territoire assez inamical pour se diriger vers sa nouvelle résidence et rejoindre le camion de déménagement. Durant un peu plus d'un mois, elle occupa son temps à aménager son nouveau cocon qui l'accueillerait à chacun de ses retours pour les retrouvailles familiales et amicales.

Cependant, ses pensées étaient ailleurs. Elle rêvait à la façon dont elle pourrait le mieux jouir de chacune de ses futures escales. Chaque soir, elle travaillait à préparer son itinéraire, les villes qu'elle souhaitait visiter, les musées, la durée de chaque séjour, les modes de transports sur place, l'hébergement qui serait le plus adéquat, le quartier le plus approprié pour rencontrer les habitants et découvrir leur mode de vie, les régions incontournables pour s'imprégner de la nature, les endroits où elle pourrait approfondir ses connaissances et plus encore.

Elle avait pris la décision d'effectuer ses trajets en train afin de profiter de ce temps d'inactivité forcée à préparer au mieux l'étape à venir, en commençant par s'imprégner des notions rudimentaires de la langue du pays d'accueil, et pouvoir se repérer au plus vite dans la ville d'arrivée. Pour limiter le nombre de déplacements et les frais par la même occasion, elle avait choisi de voyager sur des périodes de six semaines afin de revenir dans son pays pour profiter pleinement de ses petits-enfants pendant les périodes de vacances scolaires.

Tout d'abord, elle pensait s'accorder le mois de juin, période la plus propice, à la découverte de la Suède et des fjords de Norvège, dans le but d'observer les aurores boréales, de s'imprégner de l'art de vivre de ses habitants, d'admirer les paysages contrastés d'une eau bleue à la verdure des rives sur lesquelles se trouvaient posées des maisons aux façades colorées ; puis, les deux mois estivaux, juillet et août, seraient, comme à l'habitude, consacrés à entourer, de sa bienveillance naturelle, ses amis et à sa famille qui avaient tous hâte de découvrir son nouveau lieu de vie : il est vrai que le bord de mer attire toujours en cette saison pour son côté à la fois festif et ressourçant.

En septembre, elle se rendrait tout d'abord en Belgique à Bruges, réputée pour être une ville romantique et faire la balade sur les canaux ainsi que la visite des musées ; puis, elle irait en Allemagne, plus particulièrement en Bavière pour s'inspirer des merveilleux paysages aux parois rocheuses abruptes, au sommet desquelles étaient posés les fameux châteaux de Louis II, et obtenir des renseignements historiques relatifs à la famille de l'impératrice d'Autriche Sissi, pour compléter les connaissances acquises lors d'un précédent séjour à Vienne.

La première quinzaine d'octobre, elle irait en Suisse, à Lucerne, d'où son arrière-grand-père maternel était originaire, pour effectuer des recherches sur sa généalogie. Enfin, elle retournerait chez elle pour préparer l'arrivée de sa descendance.

En novembre, elle resterait tranquillement dans son antre à retranscrire au propre les notes de ses récents voyages puis à organiser les préparatifs des fêtes de fin d'année. Durant cette période, elle souhaitait emmener toute sa famille pour un séjour en Alsace, pendant la semaine de Noël, dans un écomusée, pour vivre au rythme des traditions de cette région qui font briller les yeux des petits comme des grands enfants.

Pour la suite de l'hiver, elle se consacrerait, avant tout, à la préparation de ses prochaines pérégrinations. Passées la trêve hivernale et les vacances d'hiver des petits, elle partirait pour l'Italie, commençant par la ville de Rome à la découverte, notamment, du Trastevere qu'elle n'avait pas eu le temps de visiter lors d'un premier séjour. Ensuite, elle remonterait un peu plus au Nord pour admirer toute la région de Florence et contempler le travail ancestral des merveilleux artistes de tous ordres. Elle terminerait son séjour par la région des lacs et les splendides îles Borromées afin de s'y ressourcer et se recueillerait devant le charme des magnifiques et richissimes villas qui en bordent les berges. Déjà, les vacances de printemps s'annonceraient et il lui faudrait revenir au bord de mer afin de recevoir, comme à l'accoutumée, tout son petit monde pour partager des moments de pur bonheur, instants qui deviennent très importants en avançant dans l'âge.

Ensuite, elle songerait à se diriger vers l'Espagne. Elle avait toujours rêvé de visiter l'Andalousie, notamment Grenade et l'Alhambra, Séville et Cadix ; également une partie du Portugal afin de parfaire ses connaissances sur la période d'occupation par les Maures et sur celle relative aux Templiers. Cet attrait pour la région andalouse remontait à son enfance, depuis qu'elle avait entendu sur l'électrophone de sa grand-mère, les chansons de Luis Mariano dans lesquelles il y faisait référence et elle envisageait sérieusement de prendre des leçons de flamenco.

À son retour, une année se serait écoulée et elle pourrait faire le bilan de ses voyages, composer de merveilleux albums remplis des photos prises et rédiger les récits de ses périples afin de les relire lorsqu'elle serait trop vieille. Pour l'année suivante, elle parcourrait certaines régions françaises dans le but de travailler plus en profondeur sur la généalogie de sa famille. Puis elle reprendrait, l'année d'après, ses excursions étrangères dans d'autres contrées européennes.

Sa vie serait complètement chamboulée par cet emploi du temps qu'elle préparait minutieusement : adieu la routine ! Sa vie ne serait plus comme avant.

Elle espérait faire de très belles rencontres humaines qui l'enrichiraient intérieurement, l'ouvriraient sur d'autres possibilités et visions de la vie. Ses rêves de voyages se réaliseraient enfin.

Alors qu'elle installait l'intérieur de son nouveau lieu de résidence, elle reçut un appel téléphonique qui la laissa interloquée : la voix à l'autre bout du combiné lui proposait d'intégrer un cabinet ministériel et la réponse devait être immédiate. On avait besoin de ses compétences professionnelles antérieures, de son ouverture envers ses concitoyens, de sa perspicacité et de sa sagesse. Il lui fallait désormais décider, de façon expresse, du choix crucial entre assouvir ses rêves de baroudeuse ou servir son pays ce qui était gravé dans son ADN.

AVENTURE CAMPAGNARDE

C'était un bel après-midi de juin. Laissant les convives à l'évocation de leurs souvenirs, Éloïse avait quitté la table familiale pour s'offrir une promenade digestive, selon ses dires.

Ces retrouvailles entre cousins, dans la maison de campagne des grands-parents de Paul, étaient ponctuées de moments joyeux et une belle entraide régnait entre les membres de la famille. Cependant, Éloïse éprouvait le besoin de s'isoler un peu. Un soupçon de nostalgie l'avait soudainement envahie quand elle avait pensé à sa famille qui vivait de l'autre côté de l'Atlantique.

Elle avait quitté la route et marchait maintenant sur un petit chemin de terre. Son chapeau de paille la protégeait des rayons du soleil qui caressaient ses avant-bras. Elle regardait, pensive, l'herbe si verte, parsemée de pâquerettes aux pétales blancs ourlés de mauve, de renoncules dont la couleur jaune lui rappelait le jeu enfantin « aimes-tu le beurre ? » et de coquelicots rouges à la vie éphémère dès lors qu'ils avaient été cueillis. Ses pensées furent absorbées par le magnifique papillon blanc, dont les ailes étaient décorées de nervures et points noirs, virevoltant de fleur en fleur. Comme sa danse était gracieuse ! Comme il semblait libre d'aller et venir où bon lui semblait ! A nouveau, la nostalgie s'empara d'elle… Comme elle aurait aimé être auprès des siens en cet instant !

Une mésange qui passait à ce moment-là l'arracha à sa tristesse. Elle se posa sur une branche de la haie voisine composée de laurier sauce. Son chant était si mélodieux qu'il semblait délivrer un message à Éloïse. Cela lui permit d'éloigner ses pensées tristes. Quand la mésange eut terminé son babillage, ce fut au tour d'un rouge-gorge d'entamer son gazouillis. Eloïse poursuivit son chemin, charmée par toutes ces mélodies.

Cependant, le temps s'écoulait et le soleil commençait à décliner. Elle pensa qu'il était peut-être temps de rebrousser chemin. Ce qu'elle fit. Elle arrivait à la hauteur d'un bosquet lorsqu'elle aperçut une biche. Il lui sembla qu'elle s'avançait prudemment tout en scrutant les alentours. Eloïse s'arrêta net, la biche en fit tout autant. Elles s'observaient. Soudain, Éloïse entendit un léger piaulement. La biche tourna la tête en la baissant vers la gauche. Elle se rapprochait à tous petits pas de celle-ci, veillant à ne pas faire de bruit pour ne pas l'effrayer. L'herbe amortissait ses pas. Les petits cris s'accentuaient au fur et à mesure de son avancée. La biche semblait hésiter entre détaler face à cet humain qui approchait ou rester à côtés des broussailles d'où provenaient les plaintes.

La biche commençait à respirer plus fort montrant ainsi son inquiétude et son courroux ; ses sabots piétinaient. Eloïse demeura immobile puis leva très lentement la main, le bras tendu le plus loin possible, afin d'atteindre les naseaux de celle-ci pour lui permettre de sentir son odeur. Elle maîtrisait tant bien que mal les battements de son cœur car l'animal pouvait fort bien avoir une mauvaise réaction et son poids dépassait celui d'Eloïse.

Le temps qui passa avant que la biche ne se calma sembla une éternité à Éloïse et cette dernière put enfin découvrir, recroquevillé au sol, un faon. Elle se pencha pour l'examiner de plus près, tout en gardant un œil sur la biche, et s'aperçut qu'il avait une patte dont l'os était cassé. Elle se demanda comment elle allait pouvoir aider ces deux-là. Elle consulta son téléphone : pas de réseau…

~ ~ ~

Pendant ce temps, les cousins s'affairaient à préparer le repas du soir. Paul commençait à s'inquiéter de ne pas voir sa femme revenir et son stress grandissait de ne pas réussir à la joindre par téléphone. Il décida de partir en voiture pour aller à sa rencontre. Mais quelle direction prendre ?

Il réfléchit un moment. Connaissant Éloïse, elle n'aurait pas pris la direction du village mais plutôt celle à l'opposé. Elle adorait la pleine nature : cela lui permettait de se ressourcer. Dès qu'il vit un chemin de terre, il s'y engagea. Le véhicule roulait à faible allure afin de lui permettre de fouiller de son regard tous les points de vue qui s'offraient à lui.

Au bout de quelques minutes, il se rappela qu'Éloïse lui avait demandé d'installer sur son téléphone mobile, un logiciel lui permettant de la localiser au cas où. Il activa donc le sien pour tenter de la repérer. Heureusement, elle n'avait pas désactivée les fonctions nécessaires et il put rapidement déterminer l'endroit où elle se trouvait. Le point était fixe. Son cœur se mit à battre plus fort : lui était-il arrivé un problème ?

La nuit commençait à tomber et l'approche de la lueur des phares provoqua un mouvement craintif de la part de la biche. Éloïse se releva et, apercevant le véhicule de Paul au loin, lui fit signe de stopper puis elle se dirigea tranquillement dans sa direction. Il fut soulagé de voir qu'elle était seule et marchait de façon normale. Elle lui fit couper le moteur à une distance raisonnable des animaux et lui décrivit la situation.

Comme il n'y avait pas de connexion permettant de passer un appel téléphonique, Paul rebroussa chemin. Auparavant, il laissa à Éloïse une couverture de survie trouvée dans la trousse de secours, située dans le coffre arrière du véhicule, afin de couvrir le faon tremblotant, le temps qu'il revienne avec un vétérinaire. En effet, la mère ne laisserait jamais ces gens emporter son petit et il ne fallait surtout pas effrayer les animaux pour ne pas provoquer un accident malheureux.

Le temps s'écoulait trop lentement au goût d'Éloïse. La biche s'était allongée près de son petit et léchait abondamment la patte blessée. Elle avait compris qu'Éloïse ne leur ferait pas de mal mais le danger pouvait venir des prédateurs qui ne tarderaient pas à apparaître avec la nuit noire qui progressait peu à peu.

~ ~ ~

Enfin, Paul revînt accompagné du vétérinaire. Celui-ci ne voulait pas prendre de risques. Il chargea son fusil d'une cartouche hypodermique et tira au moment où la biche se leva en voyant l'arme. Éloïse eut juste le temps et le réflexe de tirer le faon vers elle afin que sa mère ne l'écrase pas en tombant. Que cet homme est stupide, pensa-t-elle !

Le faon grelottait toujours de peur et de douleur. Le vétérinaire attendit que la mère ne bougea plus pour venir auprès d'Éloïse et de celui-ci. Il devait le soigner sur place. Ce qu'il fit avec dextérité. La question cruciale était désormais de savoir comment faire à ce stade ? La mère ne pouvait plus protéger son petit puisqu'elle était anesthésiée. Il fallait aussi assurer le suivi médical du faon. Pour Éloïse, il n'était pas concevable de les laisser, ici, à la merci des carnassiers. Le vétérinaire était pressé de rentrer et ces questions ne semblaient pas le tourmenter plus que cela. Il avait fait son travail, un dimanche soir, par ailleurs. Paul avait réglé l'intervention donc ce n'était plus vraiment son problème.

~ ~ ~

Une fois de plus, Éloïse dut rester seule, le temps que Paul revienne. Avant de partir, il avait allumé un petit feu pour les protéger des autres animaux et s'était éloigné anxieux de la laisser dans la nuit désormais complète. Il revînt rapidement, accompagné de ses cousins dont l'un d'eux possédait un véhicule adapté aux chemins forestiers, ressemblant à ceux des cow-boys. Ils chargèrent la mère et son petit à l'arrière de l'automobile et les ramenèrent chez un voisin fermier qui possédait une ancienne écurie. Les animaux furent à l'abri au moins pour la nuit.

Éloïse décida de les veiller et Paul resta à ses côtés. Lorsqu'ils furent tous les quatre installés aussi confortablement que possible, elle se tourna vers lui, planta son regard plein de douceur dans le sien puis, prenant la main de son mari, elle la posa sur son ventre. Il comprit à cet instant qu'eux aussi allaient être parents et elle lui dit qu'elle pensait que c'était sûrement pour cela que la biche s'était laissée approcher : elle avait senti qu'elles étaient toutes deux des mères.

À L'AUBE D'UNE VIE

Clémence regardait sa mère endormie dans le fauteuil. Elle semblait avoir sombré dans un sommeil profond. Comme elle était pâle… Elle remarquait, par moments, de légers rictus indiquant la présence de douleurs. Etait-ce provoqué par un rêve ou les ressentait-elle vraiment ?

Elle était arrivée la veille, ayant traversé la France, pour passer quelques jours, comme chaque trimestre, auprès de sa maman. En apercevant cette dernière lors de l'ouverture de la porte d'entrée, elle avait marqué un temps d'arrêt. Mon Dieu ! Que cette femme avait maigri ! Elle lui posa quelques questions sur sa santé mais il était vrai que, depuis deux ans, elle avait une perte de la mémoire immédiate. Aussi, sa réponse fut sans appel quant à l'interrogation de son poids : il n'avait pas varié mais elle ne se rappelait pas de combien il était. Peut-être une conséquence du vaccin contre le Covid-19, car rien ne laissait présager cela et les symptômes étaient apparus à la suite d'une perte de connaissance suivie d'une grande déshydratation provoquée par un trop long séjour dans les couloirs des urgences de l'hôpital sans qu'aucune boisson ne lui ait été proposée pendant plus de vingt-quatre heures.

Alors que sa mère sortait de sa torpeur, elle l'interrogea et eut la confirmation de ses craintes : sa maman se plaignait de douleurs dans les os, au niveau du dos et des côtes. Elle remarqua aussi que, désormais, il lui arrivait de s'allonger sur le canapé pour soulager ses maux et, pour cela, elle était obligée de s'aider de ses deux mains pour lever sa jambe droite. Qu'il était donc parfois terrible de vieillir. Un rendez-vous médical étant déjà programmé cinq jours plus tard, elle attendit celui-ci avec impatience car, en son for intérieur, quelque chose clochait.

En arrivant dans le cabinet du médecin, Clémence demanda d'emblée à celui-ci de prescrire une recherche sanguine des marqueurs du cancer. Le praticien commença par examiner sa mère et lorsque celle-ci fut déshabillée, le diagnostic était là, tellement apparent sous ses yeux : deux énormes masses déformaient le sein gauche de sa génitrice.

Elle blêmit : son pressentiment était confirmé et le docteur le formula clairement. Ensuite, il pratiqua une rapide échographie pour mesurer les grosseurs. À partir de ce moment-là, tout s'accéléra, les ordonnances pour d'autres examens s'empilaient, les instructions s'enchaînaient. Il fallait aller vite d'autant que la période estivale, propice aux congés, commençait.

La course contre le temps commença alors pour Clémence afin de décrocher les fameux rendez-vous nécessaires pour obtenir le diagnostic le plus précis possible grâce aux mammographie, biopsie, scanner, scintigraphie osseuse. Parfois, elle devait batailler pour faire comprendre l'urgence de la situation et mettre en avant ses précédentes fonctions pour combattre la bêtise humaine.

Alors que les médecins étaient déjà débordés et ne parvenaient souvent pas à joindre les structures adéquates, une personne, notamment, crût devoir faire preuve de zèle en intimant d'une voix ferme que seul un médecin était en mesure d'obtenir un rendez-vous d'urgence pour un patient. L'incohérence dans toute sa splendeur : rappeler le médecin, le déranger pendant une consultation pour qu'il perde encore du temps à tenter à nouveau d'appeler le centre. Ineptie quand tu nous tiens !

Quelle époque ! Qu'il était loin le temps où les médecins étaient en nombre suffisant et prenaient le temps nécessaire pour l'examen de leurs patients, connaissant l'histoire de leurs familles, étant à l'écoute de leurs petits problèmes. Ces médecins-là étaient profondément tournés vers l'humain et faisaient, en quelque sorte, partie de la famille. Leur métier était un véritable sacerdoce auquel ils se dévouaient sans rechigner. De plus, il était dans leurs attributions de tenir, fréquemment, le même rôle que les curés dans certains villages en termes d'écoute et de conseils à leurs paroissiens.

Il lui semblait, depuis quelques temps, que la médecine à deux vitesses, qu'on lui avait évoquée dans sa jeunesse, avait enclenché une vitesse supplémentaire. D'ailleurs, le discours d'une personnalité politique sur l'inutilité des « vieux » en était la preuve. À présent, il transparaissait que les niveaux de soins étaient répartis de plusieurs façons. Il existait toujours le clivage classes sociales protégées et classes sociales inférieures mais une autre différenciation était apparue : population jeune et population âgée.

Cette situation la rendait énormément triste. Elle se rappela alors les conditions de fin de vie de son père à l'âge de soixante-dix ans - lui qui avait pratiqué un métier résolument tourné vers l'être humain - alors qu'il était encore très vaillant. Deux opérations qui auraient dû être couplées en une seule à cinq mois d'intervalle, puis la seconde à laquelle se sont succédées deux autres, espacées d'une semaine chacune. La réaction du chirurgien qui, après qu'elle l'eut appelé pour lui demander s'il pouvait guérir son père, s'était rendu au chevet de ce dernier pour lui demander pourquoi ne l'avait-il pas informé que Clémence travaillait dans une grande institution et connaissait un célèbre professeur de médecine. Le praticien avait alors changé le protocole initialement prévu pour essayer de réparer son erreur et avait tenté le tout pour le tout afin de sauver son père.

Comment un homme dont le métier était de porter secours à n'importe qui, sans aucune distinction, aurait-il pu penser que d'autres n'agissent pas de la même façon ? Tout simplement parce que les personnes au cœur pur refusent souvent d'admettre que toutes ne sont pas comme elles et sont loin d'imaginer que, qui plus est des soignants, ne puissent pas se comporter de même.

Clémence resta perplexe et entama une longue réflexion sur la façon dont une société dite progressiste, donc centrée sur l'amélioration de la condition humaine, avait perdu le fil de sa raison d'être, basée sur l'amour de son prochain. Certes, la population ne cessait de croître malgré la baisse continue des naissances. À l'opposé, la recherche médicale progressait et la technologie également jouant un rôle de plus en plus important dans les avancées de la première. Alors où cela avait-il péché ? Était-ce le désamour de la religion ? Était-ce le manque de références incitant à se tourner vers la spiritualité ? Était-ce une société devenue trop individualiste avec la politique de l'enfant-roi ? Était-ce la multiplicité des cultures qui régnait entraînant un réflexe de repli sur soi et de protection ? Était-ce… ? Non, aucune réponse plausible ne lui venait réellement à l'esprit. Peut-être était-ce le mélange de tout cela qui avait entraîné la déchéance du fondement de cette société ?

Elle se ressaisit et sortit de ses pensées. Il lui fallait maintenant organiser son emploi du temps en fonction de sa maman pour être à ses côtés le plus souvent possible. Déjà, elle prévoyait les allers et retours qu'elle aurait à effectuer mais également les moments consacrés à son activité professionnelle et ceux à la garde occasionnelle de sa petite-fille. Elle devait jongler pour que tout concorde. Cela allait lui occasionner des frais supplémentaires qu'elle n'avait pas intégrés dans son budget prévisionnel mais qu'importe. Sa maman devenait une priorité, une de plus.

Même si leurs relations n'avaient pas toujours été au beau fixe, elle avait été présente avec son mari, pendant les périodes de vacances scolaires, lorsque Clémence s'était retrouvée seule pour élever ses enfants. Ils avaient toujours accepté de garder leurs petits-enfants, s'efforçant de leur inculquer les bonnes manières en palliant, ainsi, à l'absence et la non–implication de leur père. Ils avaient ainsi hébergé, pendant quelques mois, un de leurs petits-enfants, le temps de la séparation des parents, lorsque celui-ci avait dû être éloigné du foyer familial pour le protéger de mauvaises fréquentations.

Un nouveau rendez-vous avait été fixé avec le médecin qui suivrait sa mère pendant les mois à venir. Elle n'était pas pessimiste, juste réaliste car cette fichue maladie semblait avoir déjà atteint un stade avancé. Dès le début, après les premiers examens, elle avait précisé à celui-ci que le traitement envisagé devait être le plus doux possible. Elle refusait que sa maman souffre plus qu'elle ne le supportait déjà ; même si cette dernière ne se plaignait quasiment jamais, hormis sur la longueur de cette vie remplie de solitude depuis plus de vingt ans, date de la mort de son époux.

Pourtant, le couple de ses parents n'avait pas été des plus harmonieux mais chacun avait un rôle bien défini au sein du foyer. La gestion des finances et les décisions étaient toujours prises d'un commun accord. Aucun ne contredisait l'autre quant à l'éducation de leurs enfants. À une certaine époque, Clémence aurait même souhaité que ses parents se séparent car les rares conflits provoquaient une tension bien réelle au sein de la maisonnée et elle se rendait compte que sa mère n'était pas si épanouie que cela. De plus, son père étant très autoritaire, elle-même subissait, de sa part, une pression constante.

Donc, la fin de vie de sa mère devait être la plus douce possible. Il était temps qu'elle reçoive de ses enfants toute la douceur et la tendresse qu'elle n'avait jamais reçues de ses propres parents. Il était maintenant nécessaire que la reproduction du schéma d'une famille faisant face à tous les problèmes, sans jamais faire part de ses sentiments ou ressentis, ni manifester de démonstrations gestuelles ou verbales apaisantes, rassurantes et aimantes, prenne fin pour laisser la place à celle d'un cocon d'harmonie, de douce bienveillance et d'amour serein.

Cependant, le chemin n'était pas simple car cette femme n'avait pas l'habitude de se laisser porter par les autres et les délicates attentions que ses enfants lui prodiguaient étaient difficilement acceptables, voire supportables. Cela provoquait en elle cette vague impression de n'être plus capable, de ne plus avoir son autonomie, d'étouffer même. D'un autre côté, elle se rendait compte qu'elle n'avait plus cette vigueur, que sa mémoire lui faisait de plus en plus souvent défaut, et elle sentait que ses forces l'abandonnaient au fil des semaines.

Peu à peu, elle se mit à apprécier d'être ainsi entourée. Cela prenait du temps, certes, mais il lui était difficile de se défaire d'une éducation trop rigide.

Clémence était heureuse de cette nouvelle ambiance familiale et de voir des sourires se dessiner sur le visage maternel.

Cependant, il lui fallait maintenant rentrer chez elle et retourner travailler pour quelque temps ; mais elle savait que ce serait pour mieux revenir.

Le lendemain, elle reprit son poste au ministère de la santé et de la famille. Elle savait au fond de son être que son rôle était désormais de changer la façon de penser de cette société et d'œuvrer pour ramener plus de considération, d'altruisme, de sensibilité et d'écoute envers les aînés ; eux qui ont tellement à transmettre et sont très souvent engagés auprès de leurs familles et dans le bénévolat associatif : là où l'État est défaillant. Elle créa une association de défense des droits des personnes âgées, car sans elles, aucune des personnes des générations suivantes ne seraient là. Il faut se rappeler que ce sont les anciens qui les ont portés, éduqués et nourris dès leur naissance.

SIGNES AVANT-COUREURS

21 mai 2014. Eva s'est couchée à 4 heures du matin après une journée-marathon imprévue de travail. Mais déjà le réveil sonne : il est 9h30. Elle saute hors de son lit car elle a rendez-vous à midi sonnant avec une rencontre Internet. Elle se prépare tranquillement et peaufine son maquillage afin que les traces de fatigue ne se voient pas. Il est l'heure de partir. Soudain, le doute l'assaille : pourra-t-elle tenir la conversation après ces six derniers mois au rythme harassant et le manque de sommeil ? Cet homme semble érudit, notamment dans les arts.

Après s'être garée dans un parking souterrain de la capitale, elle arrive au restaurant, réputé branché, et dépose son parapluie au vestiaire. Elle sent une présence masculine qui la scrute à l'entrée de la salle. Elle effectue un quart de tour et découvre l'homme avec lequel elle échangeait depuis une semaine sur un site de rencontres, Octave.

Cet homme l'intrigue. Sur la photo qu'elle avait reçue, son regard était si triste. Là, son regard semble subjugué. Visiblement, il est heureux de découvrir cette femme. Il est galant ce qui ajoute à son charme de cinquantenaire. Il a des cheveux d'un blanc immaculé, il entretient son bronzage, ses sourcils broussailleux sont noirs et ses yeux verts sont grands. Sa grande taille se courbe un peu laissant transparaître la fatigue due à son statut de chef d'entreprise et les grandes rides profondes de son front confirment d'autant plus la charge de responsabilités.

Au fil de la conversation relatant leurs vies respectives, ils se découvrent beaucoup de points communs, quelques oppositions aussi. Peu importe, la conversation est fluide. Le climat est totalement serein même si Eva n'est pas totalement à son aise dans ce restaurant à la décoration assez stricte et épurée. Elle est agacée par l'interruption du serveur leur demandant de changer de table, car un groupe arrive, alors qu'il y a encore moult places libres. Quel manque d'organisation pour un restaurant affichant de tels tarifs !

La conversation reprend. Le temps passe vite et Eva doit être impérativement de retour pour une réunion à 14h30. Il décide alors de la raccompagner jusqu'à sa voiture. Devant la porte de l'ascenseur menant au sous-sol du parc de stationnement, elle ressent le besoin irrépressible de l'embrasser sur la bouche. Ce sera la seule et unique fois de sa vie où elle embrassera un homme la première. Un chamboulement s'est passé en elle. Jamais auparavant, elle n'avait eu une telle pulsion. Elle se sent si bien en sa compagnie et quelque chose vibre dans son corps. Toutes les cellules de celui-ci sont comme modifiées : ce ne sont pas des papillons dans le ventre ; c'est beaucoup plus fort que cela. Elle le ressent jusqu'à son épiderme. Oui, c'est cela sa peau est comme aimantée par la peau d'Octave.

Mais qu'est-ce que cela ? Que lui arrive-t-il ? Elle se ressaisit en pensant qu'il est nécessaire qu'elle garde la raison, car une réunion importante l'attend. Les échanges se poursuivirent les jours suivants. Très vite, ils décident de se revoir. Ce sera le 26 mai.

Monsieur est marié. Malheureux, mais marié. Elle le savait mais son humour décalé l'avait happée. Elle devait creuser. Sa curiosité l'emportait sur sa résolution d'éviter soigneusement les hommes mariés. Eh bien, ce premier rendez-vous avait comblé celle-ci.

De plus, Eva avait été interloquée lorsqu'au cours du repas, il lui avait annoncé qu'il cherchait à vendre son entreprise et que dans trois ans maximum il serait divorcé. Elle en avait lâché sa fourchette, se demandant quelle scène il était en train de lui jouer.

~ ~ ~

26 mai 2014. Il arrive en retard au domicile d'Eva... les bras chargés d'une bouteille de champagne de marque correcte, de macarons et chocolats d'une maison réputée et d'un livre sur le nu féminin en peinture. Eh bien lui, il a le mérite d'avoir un certain savoir-vivre : cela fait plaisir de côtoyer les personnes qui connaissent les codes de bonne conduite.

Rapidement, elle l'entraîne dans sa chambre tant leurs peaux respectives sont en éveil. Voici donc le véritable sens des expressions

« avoir les nerfs à fleur de peau » (rien à voir avec un énervement quelconque) mais aussi « avoir quelqu'un dans la peau ». Lorsqu'elle le découvre totalement dévêtu, elle se dit qu'il est bien maigre : d'ordinaire ce n'est pas son type d'homme. Mais déjà leurs peaux s'appellent irrésistiblement. Pendant trois heures, ils feront l'amour. Certes, il est un peu maladroit dans ses gestes : il en reverse même sa flûte du précieux breuvage. Elle ressent à quel point il est impressionné, intimidé. C'est la première fois qu'il trompe sa femme bien que cela fasse quasiment dix ans qu'il ne l'ait plus touchée et comme son éducation a pris le dessus… enfin c'est ce qu'il dit et croit car, au fil des discussions, Eva découvrira qu'en fait sa femme l'a complètement castré sur bien des plans.

Ces trois heures auront été magiques pour l'un comme pour l'autre. Elles furent remplis de gestes très tendres, d'un respect comme il y en a peu et d'une fluidité incroyable. Tous deux en resteront très marqués.

Ils se revirent deux semaines plus tard, le temps d'un déjeuner et d'une promenade dans les jardins du Luxembourg, main dans la main, s'embrassant comme les jeunes amoureux qu'ils sont malgré leurs âges. Les deux mois d'été les tinrent éloignés l'un de l'autre.

En septembre, il lui fit la surprise de passer chez elle alors qu'il sortait d'un rendez-vous professionnel dans le quartier d'Eva. Celle-ci, profitant d'une semaine de congés, avait entrepris le grand nettoyage de son appartement. Mon Dieu ! Qu'il était séduisant dans son costume gris d'un tissu de très belle qualité ! Eva se retenait de le toucher. Il portait également une chemise blanche entr'ouverte, des santiags noires et une ceinture noire avec une tête de mort. Il faut préciser qu'Octave roule en Harley Davidson à ses heures perdues. Cette rencontre fut courte : il avait éprouvé le besoin de venir lui voler un baiser.

Mis à part quelques rares échanges téléphoniques, les mois qui suivirent ne leur permirent pas de se revoir. Eva mit fin à leur relation en mars 2015.

~ ~ ~

21 juillet 2018. Eva rentre chez elle et passe effectuer un achat à la pharmacie sur le boulevard où elle réside. Elle ressent une présence derrière elle, se retourne et découvre Octave qui lui tient un discours inattendu devant la pharmacienne médusée. Il est un client habitué de l'officine et elle craque pour lui, mais aujourd'hui les bras lui en tombent. Il déclare à Eva que, nombre de fois, il est passé devant chez elle espérant la voir et aujourd'hui son vœu est exaucé. Face à cette scène surprenante, Eva reprend ses esprits et lui propose de la rejoindre chez elle.

Il arrive 45 minutes plus tard, une bouteille de champagne à la main. Il ne va pas bien et doit se faire opérer du dos. Ils discutent moins d'une heure car sa vieille mère l'attend pour le dîner dans la ville voisine. Elle lui explique qu'elle va quitter Paris d'ici quelques mois pour la province, il lui demande de ne pas partir si loin. Elle l'interroge sur ce qui pourrait la retenir puisque son travail ne la satisfait plus, que sa santé défaille compte tenu du rythme imposé par sa vie professionnelle. Il ne répond pas. Il a perdu l'occasion de lui faire une belle déclaration d'amour.

Deux mois plus tard, elle dépose sa demande de mise en retraite anticipée auprès de l'institution qui l'emploie. Il lui avouera plus tard qu'il avait espéré qu'elle le prenne dans ses bras. Elle avait réfréné son envie de le faire car, restée plus de trois ans sans nouvelles, elle se demandait bien pourquoi il revenait de la sorte et ne disait ni ne faisait quoi que ce soit pour la faire changer d'avis quant à son futur départ. Elle craignait qu'il ne veuille que la bagatelle.

~ ~ ~

2 mars 2020. Eva rentre en Gironde d'un périple qui l'a menée en Bretagne puis à Paris pour assister à une conférence en fin d'après-midi. Elle quitte Paris vers 20h et, arrivée à hauteur de Tours, pour tromper l'ennui de la conduite de nuit lors d'une pause, décide d'envoyer un SMS aux trois hommes qui auront marqué sa vie après son second divorce. Seul Octave répond. Il est tard mais il décide de l'appeler, inquiet, car il craint qu'elle ne s'endorme au volant. Pourtant son épouse dort dans la chambre maritale. S'ensuit 2h30 de conversation téléphonique jusqu'à 1h30, jusqu'à ce qu'elle soit presque arrivée à destination.

Les jours qui suivirent, ils communiquèrent peu. Ils décidèrent de se revoir le 4 mai à l'occasion de la venue d'Eva pour un colloque dans la capitale car leurs peaux sont à nouveau en éveil. Le 17 mars, toute la population est confinée. Adieu espoir de se revoir ! Toute la durée du confinement ils échangèrent quotidiennement pendant de longues heures. Leurs deux peaux respiraient à nouveau à l'unisson. Cette attente devenait insupportable.

~ ~ ~

25 mars 2021. N'y tenant plus et malgré les restrictions de circulation, Eva prend le train et ils se retrouvent dans un hôtel proche de la gare Montparnasse. Il perdit trente minutes à chercher une place pour son gros SUV si difficile à garer.

Ils passèrent quatre heures de plaisir, de caresses, de fusion totale. Tout se passa avec les mêmes douceur, respect et fluidité. Une seule ombre au tableau : il fumait dans la chambre se moquant bien qu'Eva supporte ou non cela. Finalement, il n'était peut-être pas si attentionné que cela… Ah addiction quand tu nous tiens ! La séparation fut difficile pour elle, mais elle cacha ses émotions.

Il la déposa à la gare sous les regards des passants intrigués par le bruit si particulier du moteur de sa grosse cylindrée. Elle reprit le train.

Pendant quasiment toute la durée du trajet, il ne cessa de l'appeler tant il se sentait transformé par cet instant volé, hors de sa routine. Se regardant dans un miroir, il avait même trouvé son visage beaucoup plus apaisé, comme rajeuni. Cette conversation amusa beaucoup le voisin de voyage d'Eva auquel parvenait la voix grave et chaude d'Octave alors qu'elle avait baissé le son et que le téléphone était fermement collé à son oreille.

Leurs échanges téléphoniques étaient quotidiens de lundi au jeudi. Les trois autres jours de la semaine, ils communiquaient par sms : Monsieur était en famille. Le réveil d'Eva sonnait à 7h pour qu'ils puissent échanger environ une heure, voire plus, attendant fébrilement que la femme d'Octave soit partie travailler pour pouvoir parler librement. Il attendait impatiemment ses appels, heureux de pouvoir échanger sur de multiples sujets avec elle. Puis un Covid sévère cloua Eva chez elle pendant plusieurs mois.

2022. Cette année-là, libérés des restrictions de circulations, ils se virent cinq fois, volant, dès que leurs emplois du temps respectifs le permettaient, quelques heures de pur bonheur. Chaque fois, Eva parcourait plus de cinq cents kilomètres, parfois plus de mille dans la journée pour retrouver son amoureux. Leurs retrouvailles les confortaient à chaque fois dans leur conviction mutuelle qu'ils étaient faits l'un pour l'autre. Si bien, que contre toute attente, le 4 avril 2022, Octave lui proposa par téléphone, de se marier. Or, il n'avait toujours pas entamé de procédure de divorce ni de négociations pour se séparer de son épouse.

La réponse d'Eva le contraria. Il avait mal choisi son moment : elle était pliée en deux par de terribles maux de ventre et, sous l'effet de la surprise, elle lui dit qu'il ne fallait pas brûler les étapes et que ce serait bien qu'ils passent ne serait-ce qu'un week-end ensemble pour estimer comment ils s'entendraient. Après deux divorces, elle se voulait prudente. Il en convînt mais jamais il ne put trouver un moment. Les plans échafaudés tombaient invariablement à l'eau en raison d'impondérables professionnels ou familiaux du côté d'Octave. Eva était compréhensive car il lui exposait régulièrement les plans qu'il envisageait pour qu'ils aient une vie confortable. Elle pouvait ainsi en suivre la progression. Cependant, avec le temps, elle commençait à avoir de sérieux doutes sur ses réelles intentions car ne pas avoir franchi le pas d'être venu la voir ou de partir un week-end ensemble provoquait un malaise en elle.

~ ~ ~

2023. Ils se virent trois fois cette année-là. La seconde fois, en mars, Eva le trouva changé. Elle lui proposa de vendre ses biens en Gironde pour se rapprocher de lui ; il lui répondit que c'était trop tôt : elle lui trouva un air gêné. La mère d'Octave mourut pendant l'été. Ils se retrouvèrent en septembre et, avant de prendre congés, il lui dit qu'il l'aimait beaucoup. C'était la première fois qu'il employait ce verbe, mais Eva ressentit au fond d'elle une grande nostalgie devinant qu'elle ne le reverrait pas de sitôt. Il y avait eu aussi l'épisode lorsqu'une femme inconnue l'avait salué de loin et à laquelle il avait rendu la politesse, à Barbizon, provoquant une onde de choc dans toutes les cellules du corps d'Eva. C'était un séducteur invétéré.

Elle l'aida quotidiennement, par une écoute attentive lors de leurs échanges téléphoniques, à gérer tous les problèmes rencontrés : les crises de sa femme, les disputes avec son fils qui venait d'être papa, la stupidité de sa belle-fille, la fermeture de son entreprise, son désarroi quand il se retrouvait seul et se saoulait de désespoir. Chaque fois, elle était là, pour lui. Et lui s'obstinait à trouver des raisons pour ne pas venir la voir, y compris dans les moments cruciaux de la vie où elle en eut réellement besoin. Elle se sentait plus thérapeute qu'amie ou amante.

À l'automne, un vilain virus empêcha Eva de travailler et elle dut se résoudre à fermer sa petite entreprise.

~ ~ ~

2024. De toute l'année ils ne se revirent pas. Car les contraintes professionnelles de Monsieur étaient trop importantes. Il avait eu à gérer des ventes et investissements immobiliers, la succession de sa mère, le décès de sa belle-mère et tous les problèmes qui allaient avec, la nouvelle création d'une entreprise pour lui - contrairement à sa prise de retraite annoncée - et une seconde pour son fils. Il lui disait qu'il voulait faire les choses bien vis-à-vis de sa femme. Elle avait passé une nuit entière au téléphone avec lui alors qu'il n'allait pas bien du tout.

Le 25 novembre, ils devaient se revoir. Le 12 novembre, il lui annonça que ce ne serait pas possible. Elle le largua de façon magistrale.

Plusieurs fois, Eva avait essayé de rompre car il avait eu des mots désagréables à son égard. Souvent, il se comportait comme un manipulateur, Eva en avait bien conscience. Lui était consterné de ne pouvoir diriger Eva comme il l'aurait souhaité.

À chaque fois, elle excusait son attitude connaissant son passé affectif douloureux que ce soit dans son enfance ou dans sa vie d'adulte. Elle savait qu'il était dans le déni quant à ses sentiments envers elle car il avait peur de souffrir à nouveau. Il n'avait pas besoin de le dire car elle le ressentait au plus profond de son être et leur connexion était comme télépathique.

Elle aussi avait d'énormes problèmes familiaux et personnels à gérer. Parfois, il l'écoutait et se montrait compréhensif mais quand elle lui disait qu'elle avait besoin d'être dans ses bras, jamais il ne prit le temps de se déplacer. Il était tellement obnubilé par le fait de gagner de l'argent alors que son patrimoine immobilier se chiffrait en dizaine de millions d'euros, qu'Eva avait renoncé à lui dans sa tête, depuis plusieurs mois. Nombreux avaient été les signes avant-coureurs. Pourtant le désir de sa peau était toujours présent.

Voilà comment cet homme a ruiné une très belle histoire où le bonheur aurait régné, par cupidité et peur de ne pas maintenir la vie luxueuse qu'il menait avec, à ses côtés, une harpie à laquelle il était soumis.

Il avait abusé de la confiance qu'Eva lui avait accordée. Elle avait été à la fois sa maîtresse, sa meilleure amie, sa confidente, sa psychologue. Lui n'avait été que l'homme qu'elle avait aimé plus que tout. En lui disant qu'elle devait attendre pour vendre ses biens, en lui faisant miroiter une vie à deux, elle avait un peu délaissé ses affaires et se retrouvait donc avec des problèmes financiers à résoudre. Elle lui avait fait confiance… Elle n'aurait pas dû car son petit patrimoine était désormais en danger par la négligence de ses affaires.

~ ~ ~

2025. Elle, qui avait subi tant dans sa vie, remit l'armure qu'elle avait déposée pour lui. Elle avait désormais l'impression d'avoir un cœur de pierre. Leurs échanges intellectuels lui manquaient mais cette rupture lui permit de faire de très belles rencontres avec des échanges très intéressants.

Elle reprit le sport, les séances de méditation. Elle décida de ne plus avoir de relations amoureuses.

Un beau jour, alors que ses biens étaient enfin vendus, elle rejoignit une congrégation religieuse au sein de laquelle elle s'investit auprès d'enfants orphelins. Eux étaient sincères et savaient reconnaître l'Amour.

UNE ÉTRANGE IMMERSION

Maud se décida à quitter sa Franche-Comté natale pour rendre visite à sa fille nouvellement installée dans le Tarn-et-Garonne avec son compagnon.

Sa fille étant assez exigeante et Maud ayant de l'avance sur l'horaire fixé, elle s'arrêta à Castres afin de visiter le musée Goya. Elle prenait plaisir à découvrir les musées et les expositions, désireuse de parfaire la pauvreté de ses connaissances dans les arts. Elle affectionnait tout particulièrement d'observer les tableaux pour s'arrêter sur les couleurs, notamment celles des toiles de Paul Gauguin, la lumière jaillissante de celles du Caravage, les détails de celles de Claude Monet... Mais celui qui tenait une grande place dans son cœur était assurément le peintre Gustave Courbet. Son corps vibrait et son cœur battait plus fort devant ses toiles. Était-ce parce qu'elles lui rappelaient des paysages familiers ?

Elle allait donc découvrir Francisco Goya. Elle pénétra dans la belle bâtisse de l'ancien palais épiscopal datant du XVIIe siècle. Elle apprit alors que Pierre Briguiboul était à l'origine de la création de ce musée en raison du don de tableaux qu'il fit à la ville. Briguiboul ? Ce nom ne lui était pas étranger… Elle fouilla au fond de sa mémoire. Mais bien sûr ! Il s'agissait du sculpteur dont l'œuvre représentant des lutteurs avait été prêtée au musée d'Ornans dans le cadre d'une exposition temporaire.

Plusieurs questions la taraudaient désormais : Francisco Goya et Gustave Courbet s'étaient-ils rencontrés ? Où auraient-ils pu le faire ? Quels sont leurs points communs ? Que se seraient-ils racontés ?

Du peu qu'elle avait lu à propos de la vie de Gustave Courbet, nulle part il n'avait été mentionné une rencontre avec Francisco Goya. Par ailleurs, Goya décéda alors que Courbet était âgé de neuf ans ; c'était tout bonnement impossible. Et pourtant, cette idée l'obsédait. Déjà, elle échafaudait les circonstances de cette improbable rencontre.

Ils se seraient rencontrés à Bordeaux précisément au moment où Courbet y avait exposé. D'ailleurs, c'est dans la capitale girondine que Goya mourut. De plus, au moins deux événements auraient pu les rapprocher. Tout d'abord, ils avaient chacun peint un tableau qui avait créé le scandale à leurs époques respectives : celui de Francisco Goya s'intitulait *La Maja nue*, quant à celui de Gustave Courbet il avait pour nom *L'Origine du Monde*. Cela aurait été une raison formidable de se rapprocher pour affronter ensembles les critiques au sujet de ces deux tableaux jugés immoraux en ces temps-là. En évoquant cela, elle se dit que la société française actuelle effectuait un retour en arrière car un certain puritanisme refaisait surface et pas pour le bien-être de la société.

Peut-être se seraient-ils expliqués sur la question de leur choix pour l'un de divulguer le visage de son modèle quand l'autre l'avait délibérément occulté, son œuvre s'arrêtant à la base du cou ? Le modèle de Goya avait les cuisses bien serrées comme pour se protéger du regard du visiteur ou par simple pudeur ;

alors que celui de Courbet s'offrait complètement au regard dévoilant aux admirateurs son entrejambe. Ils auraient sûrement disserté sur leurs techniques de peinture, leurs jeux de lumière, les courbes de leurs modèles et leurs yeux auraient brillé au cours des discussions se laissant emporter par leur passion.

L'autre thème qui les aurait rassemblés était le fait qu'ils avaient tous deux vécu une guerre dans des genres bien différents. En 1808, Goya fut marqué par la guerre franco-espagnole qui sonnera l'indépendance de la nation hispanique. Courbet, quant à lui, participa activement à la révolte de la Commune de Paris qui entraîna la chute de la Monarchie de Juillet. Ils auraient fort bien pu se retrouver à Paris, l'un entraînant l'autre à travers les barricades : ils auraient probablement passé des nuits entières à disserter sur leurs visions respectives de l'humanisme et de la politique à mener, se querellant aussi car ne partageant pas le même avis.

Maud se sentit transportée dans son délire artistico-historique. Elle s'imagina ensuite qu'ils se seraient rendus au Palais du Luxembourg pour y rencontrer Eugène Delacroix qui leur aurait parlé du maniérisme qui transparaissait fortement dans ses tableaux, notamment dans la peinture qui décore le dôme de la bibliothèque du Palais. Celle-ci représente le *IVe Chant des Enfers* de Dante où se retrouvent, dans les limbes, les grands philosophes n'ayant pas reçu le baptême.

Elle continua sa déambulation tranquillement au gré de ses rêveries. Soudain, la voix du gardien, lui intima gentiment de sortir car le musée allait fermer ses portes. Le temps s'était écoulé trop rapidement. Maud revînt brusquement à la réalité et elle regarda celui-ci, incrédule. Sur le badge épinglé à la veste de celui-ci, il était écrit Gustavio Goya. Elle le salua respectueusement en esquissant un sourire.

SOMMAIRE

L'eau de la résilience .... p. 7

Le dernier challenge .... p. 21

Aventure campagnarde .... p. 35

À l'aube d'une vie .... p. 45

Signes avant-coureurs .... p. 59

Une étrange immersion .... p. 79

Avis aux lecteurs

Je vous remercie pour la lecture de ce livre et espère que vous y aurez pris du plaisir.

Si la lecture de cet ouvrage vous a plu, vous pouvez retrouver mon parcours d'auteure sur mon blog :

https://voievoixedith.blogspot.com

Vous pouvez également me laisser un message sur :

edith.auteur@gmail.com

DE LA MÊME AUTEURE

Être citoyen en France au XXIe siècle *(essai, 2024)*

REMERCIEMENTS

À mes amis qui ont su m'encourager pour l'écriture de cet ouvrage et en être les premiers lecteurs.

Édition : BoD · Books on Demand, 31 avenue
Saint-Rémy, 57600 Forbach, bod@bod.fr
Impression : Libri Plureos GmbH,
Friedensallee 273, 22763 Hamburg
(Allemagne)